新雅文化事業有限公司
www.sunya.com.hk

米奇與好友反斗歷奇故事集

改　　編：Bill Scollon, Sheila Sweeny Higginson
繪　　圖：Loter, Inc.
翻　　譯：張碧嘉
責任編輯：陳奕祺
美術設計：劉麗萍
出　　版：新雅文化事業有限公司
香港英皇道 499 號北角工業大廈 18 樓
電話：(852) 2138 7998
傳真：(852) 2597 4003
網址：http://www.sunya.com.hk
電郵：marketing@sunya.com.hk
發　　行：香港聯合書刊物流有限公司
香港荃灣德士古道 220-248 號荃灣工業中心 16 樓
電話：(852) 2150 2100
傳真：(852) 2407 3062
電郵：info@suplogistics.com.hk
印　　刷：中華商務聯合印刷（廣東）有限公司
廣東省深圳市龍崗區平湖街道鵝公嶺春湖工業區 10 棟
版　　次：二〇二三年三月初版

ISBN: 978-962-08-8180-0

Published by Sun Ya Publications (HK) Ltd.
18/F, North Point Industrial Building, 499 King's Road, Hong Kong
Published in Hong Kong SAR, China
Printed in China

險象環生露營日

一天早上，米奇在熱狗山上忙着，預備要帶他的朋友們去露營。

「這是什麼啊，米奇？」高飛問。

米奇拉開蓋住他最新發明的布幕，自豪地說：「隆重介紹，這是超級露營車！它功能多多，備有橡皮艇，可以彈出帳篷、伸出釣魚竿，還能搭設營火！而且，它有很多空間，可以放得下許多許多熱狗呢！」

「太厲害了！」高飛說，「待會見！」

過了一會兒，高飛回來了，他一邊把熱狗塞進露營車中，一邊讚歎：「這露營車真是熱狗天堂！」

就在這時，米奇的電子釣魚遊戲機震動起來，播放了新賽事即將開始的音樂。趁着高飛背向他，米奇偷偷溜出去玩遊戲機。

「行李收拾好了，可以出發啦。」高飛回頭想找米奇，卻發現他不見了。

米妮準備好去露營了，但她找不着唐老鴨和黛絲。她聽見休息室裏傳來陣陣噪音，便走過去看看。

米奇機不離手，一直在玩釣魚遊戲。嗶！嗞！

唐老鴨在看節目。「各位，我們回到了冒險之旅……」

黛絲在聽廣播。「午夜時，偵探來到案發現場……」

「原來大家都在各玩各的，但你們還記得我們打算去露營嗎？」米妮跟她的朋友們說，「不如關上屏幕，一起到戶外享受一番吧。」

終於，大家出發了。他們駛過許多高山低谷，又經過了蜿蜒曲折的河流，越過一大片花田，但黛絲和唐老鴨只顧盯着屏幕！

到達營地後，高飛問：「我們要去搭帳篷了吧？」

「不用啊。」米奇說，「你們先後退一步，超級露營車能包辦一切！」

米奇按下按鈕，露營車就射出了五個帳篷。

「嘩！你想得真周到啊，米奇！」米妮稱讚道，但她回頭一看，米奇卻不在。

米奇、唐老鴨和黛絲又在看着他們的電子產品了，米妮感到難以置信。她說：「看看你們周圍的湖光山色呀！」

「湖水很清澈啊，還能看見魚兒在跳呢！」高飛補充說。

於是，他們決定一起去釣魚，而且是釣真實的魚，而不是遊戲機裏的魚。

米奇按下按鈕，一瞬間，有一隻機械臂出現了，為他們每人提供釣魚工具。

高飛帶領大家走到湖邊一個釣魚勝地，上空有一隻鷹在盤旋。

「你好啊，鷹大哥！」高飛叫道，鷹也嘎的一聲回應。

米妮很享受這一切，她說：「這真的很棒，對吧？」

嗶！米奇的遊戲機在口袋裏震動，是每天的獎勵提示。為了贏取額外分數，他躲到叢林裏去玩遊戲。

唐老鴨將釣魚竿向肩後一扯，再往前一拋，想拋進湖裏，但魚鈎像勾住了什麼似的，怎麼也拉不動。

唐老鴨用力拉，拉完又拉。「到底卡住了什麼東西啊？」他大聲抱怨。

唐老鴨再次使盡力氣拉，釣魚線終於被他拉動了，飛到湖面上。原來，魚鉤勾住了米奇的魚形遊戲機！飢餓的鷹看見了，以為那是湖裏的魚，立刻用鋒利的爪抓住它。

唐老鴨用力握着魚竿，被鷹拖進湖裏來回滑動，激起巨浪。

鷹想要咬一口那部遊戲機，但遊戲機震動了一下，嚇得鷹鬆開利爪。遊戲機在空中飛旋，撞上了米奇的頭。說時遲，那時快，唐老鴨又撞上了米奇。

米妮拿起地上的遊戲機，交回給米奇。她溫柔地說：「我知道你很喜歡你的遊戲機，但既然朋友們都在身邊，不如好好享受戶外的時光吧。」

米奇也感到不好意思，便向大家道歉。

接下來，大家決定到森林遠足。

黛絲的手提電話收到了通知，她最愛聽的廣播節目剛上載了最新一集。黛絲太想聽了，便戴上耳筒，開始往反方向走，不讓大家看到她在做什麼。

黛絲太專注了，結果不小心從斜坡上滑到，跌進了叢林！幸好她沒有受傷。

大夥兒回到營地後，米妮想到一個主意，她提議：「不如一起去划艇吧。」

米奇按下按鈕，一艘橡皮艇和四支木槳便從露營車中彈到水上。他們爬上橡皮艇，唐老鴨坐在後方指揮方向。

但是，當大家努力划艇之際，唐老鴨卻忙着看他平板電腦上的節目。水流很急，其他人奮力划艇，沒有人留意到原來他們正向着瀑布邁進！雖然橡皮艇順瀑布而下，安全落到水上，但他們都丟失了木槳，被困在水上，束手無策。

　　高飛留意到附近的鷹，他大叫：「嗨，鷹大哥！可以借你的翅膀一用嗎？」

　　鷹飛到岸邊的營地，在露營車一扇打開了的窗旁，嘎嘎吱吱的叫。

　　「翻譯鷹的話語。」露營車用機械聲說，「米奇和朋友們遇到麻煩了，開啟營救模式。」

露營車開啟飛行模式，飛到了河上，它用聲納探測到其中一支木槳的位置，撈起木槳拋給高飛，大家都快樂得歡呼起來！露營車的車頭燈閃了閃，便飛回營地去。

米奇他們安全回到岸上，唐老鴨為他顧着看平板電腦而道歉，而米奇和黛絲也為自己一整天顧着玩遊戲機和聽歌而感到抱歉。

「開心一點。」高飛說，「今天還沒結束呢！」

太陽下山後，大家圍着營火一起烤熱狗和棉花糖。

「原來放下遊戲機，盡情享受與朋友們相處的時光，是這樣美好啊！」米奇說。

夜空上的星星在閃耀，米妮忽然驚呼：「噢！我看見流星！大家快許願！」

「我希望每年都能有一次這樣的露營。」黛絲說。

大家都非常同意。

臭熏熏的唐老鴨

熱狗山上風和日麗。唐老鴨駕着車，悠閒地在公園裏穿梭。

突然，他看見老虎狗布奇硬拉着牠的主人皮特跑過，忍不住喃喃自語：「布奇怎麼這麼興奮呢？」布奇對着樹上一條毛茸茸的尾巴在吠叫。

「原來有隻貓咪。」唐老鴨走下車，說：「我來幫你。」

唐老鴨爬到樹上，指指自己的帽子，說：「跳上來！」

當皮特看清楚降落在唐老鴨頭上的小動物時，不禁捧腹大笑：「那可不是貓咪呢！」

布奇想撲向那隻小動物，小動物立刻轉過身來，豎起尾巴，向着布奇的臉噴出一股臭氣熏天的氣體。原來唐老鴨救的是一隻臭鼬！

唐老鴨二話不說跳上車，一路駛到米奇的車房。高飛正在那裏修理他的汽車，他嗅了嗅唐老鴨，立刻打開車上的花灑裝置，說：「我想，你和你的朋友要來個泡泡浴。」

「我的朋友？」唐老鴨問，隨即低頭一望，大叫：「走開！別纏着我！」

唐老鴨一心只想修理他的車，但臭鼬不肯離開他，還拿起了扳手想幫忙。

「你看，牠想幫你呢。」高飛說。

「我不需要牠的幫忙！」唐老鴨叫嚷。

糟糕了，臭鼬不小心將扳手掉在唐老鴨的腳上。

「啊啊啊！」

米奇和米妮聽見唐老鴨的慘叫，便過來看看發生了什麼事。
「牠真的很喜歡你呢！」米妮說。
「不過，很少人會把臭鼬當寵物。」米奇說。
「牠不是我的寵物！」唐老鴨吼叫。

大家把唐老鴨送進自動洗車設備，以洗淨他身上的臭味。首先噴出洗皂水，呼噗！接下來用刷子洗刷毛髮，唰唰唰！

「你現在像鮮花般清香了！」米妮咯咯笑着說。

為了令唐老鴨好過些，高飛邀請他共進午餐，米奇也提議飯後跟他一起釣魚。

「好啊！」唐老鴨說，「千萬別讓那隻臭氣熏天的動物跟來。」

唐老鴨四處張望，沒看見臭鼬的蹤影。他和高飛跳上車，出發到餐廳去。

唐老鴨和高飛各點了中間夾着芥末、醃菜和豆腐的特製熱狗。「這是我的最愛！如果能加點茄汁就完美了。」唐老鴨說。

猜猜誰會來幫忙？就是唐老鴨的最佳拍檔！

唐老鴨雙手叉腰，瞪着眼前的臭鼬。

「你真教人生氣，快把茄汁還給我！」他憤怒地從臭鼬手中搶過茄汁，但擠壓得太過用力，裏面的茄汁飛濺出來。唧啪！

「我受夠了！」滿臉茄汁的唐老鴨生氣地說，「我去釣魚！」

唐老鴨來到熱狗湖見到米奇，二人快樂地坐着船車釣魚。

「嘩，唐老鴨，你這麼快就平復心情，真神奇！」米奇說，「是有什麼訣竅嗎？」

「我將這船車列為『禁止臭鼬鼠區』。」唐老鴨自豪地說。

但唐老鴨沒得意多久，臭鼬又從牠的藏身處彈出來了。
唐老鴨從座位上彈起！
臭鼬掉進湖裏。
魚兒為了逃離臭鼬，躍上水面，跳入船車。

「我們中頭獎了！」米奇哈哈笑，「要多謝那隻聰明的小動物。」

但當臭鼬跳回船上，魚兒便急忙躍回湖裏了。

「沒事的，唐老鴨。」米奇樂觀地說，「牠只是想幫朋友的忙嘛。」

「朋友？」唐老鴨生氣地反問，然後心生一計。

　　沒什麼比得上跟朋友一起野餐了！唐老鴨帶着臭鼬回到公園。

　　「噢，不好了！」他狡猾地說，「我忘了拿薯片，你在這裏等一會兒，我很快回來！」

「再見了，臭鼠！」唐老鴨坐上了車，「你自己在公園裏玩……別再跟着我了！」

他風馳電掣地駕車，卻不小心撞到一個蜂巢。他回頭一看，竟看見一羣憤怒的蜜蜂在追着他！

「嘎！」唐老鴨大叫一聲，「牠們想怎樣？」

唐老鴨用力踩油門，想要逃離那羣蜜蜂。

他在車輛之間穿梭，衝上山丘，直開往米奇的車房。

沒多久，唐老鴨便抵達車房。他急忙剎車，從車上跳出來。大家看到一大羣蜜蜂都很驚慌。

米奇和米妮躲到桶子下，高飛跳進自己的船車。不過，那羣蜜蜂的目標很明確，就是唐老鴨！他左閃右避，沒命逃跑，還撞倒了一堆罐子。

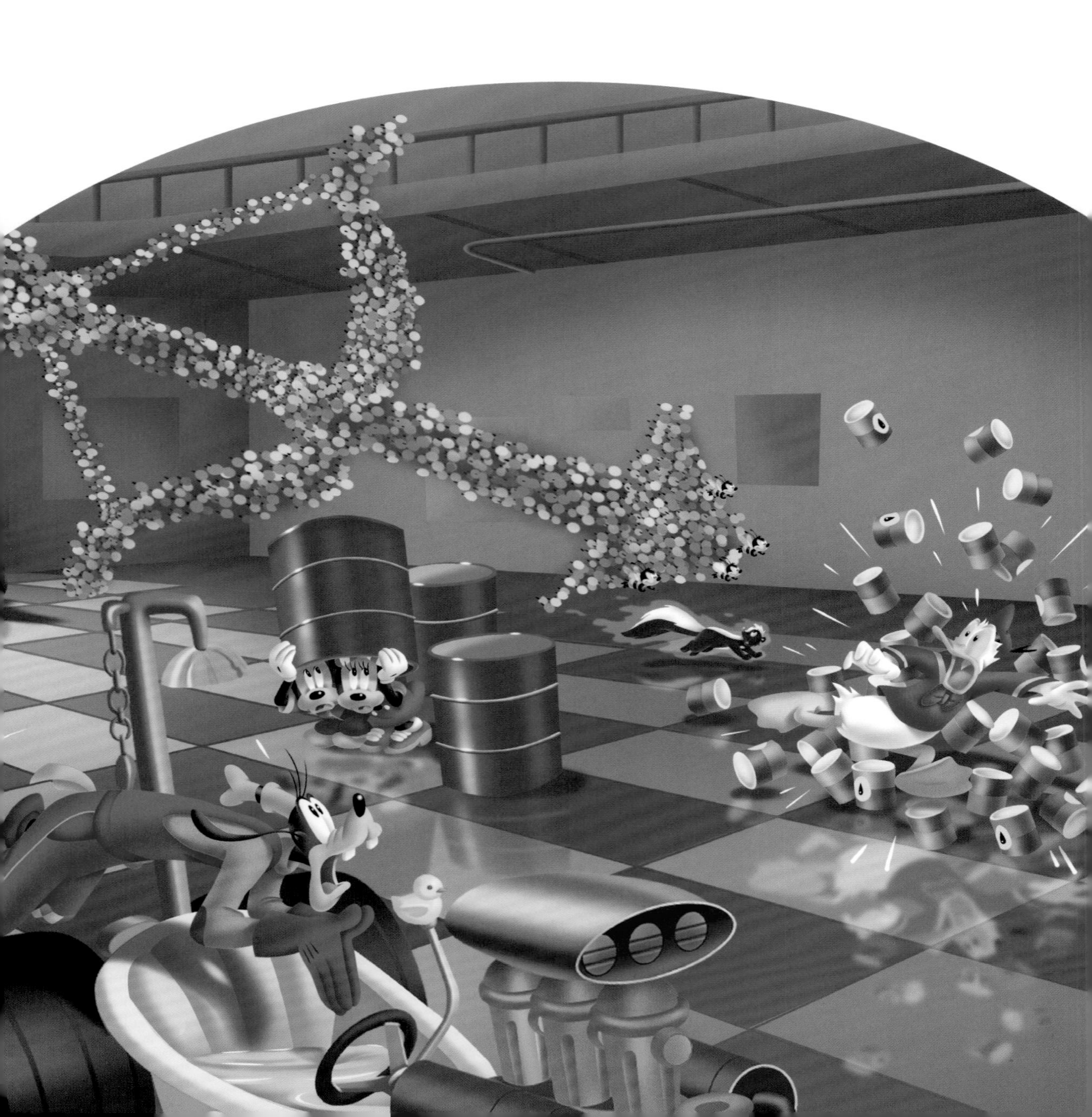

正當那羣憤怒的蜜蜂快要螫到唐老鴨之際，臭鼬出現了！牠豎起尾巴，向着蜜蜂噴出一股洶湧的臭氣，蜜蜂被熏得收回攻擊，轉身飛走了。

唐老鴨大力地擁抱臭鼬，感激地說：「你救了我！真是難以置信啊！」

「你要知道，」米妮說，「朋友就是會互相幫助。」

「我們是朋友。」唐老鴨充滿暖意地說，「沒錯！」

臭鼬舔了舔新朋友的臉，唐老鴨笑着說：「呵，別這樣。」

唐老鴨和他的新朋友回到公園幫黛絲種雛菊。

唐老鴨深深吸了一口氣：「真是美好的一天！」

超級探險

「嗨，大家好。」米奇說，「歡迎來到妙妙屋！」

今天米奇和朋友們在扮演超級英雄。

「超級英雄會聯手對付壞蛋，拯救世界。」米奇繼續說。

扮演壞蛋的唐老鴨嚷道：「你們都不是我的對手！」

超級英雄米妮、黛絲、高飛和布魯托從四面八方湧過來，追趕壞蛋唐老鴨。

米奇說：「等一下！我們作為一個超級團隊，應該要團結合作啊。」但其他英雄沒有理會他，你推我撞的結果全都跌在地上，亂成一團。

與此同時，有個陰影覆蓋在他們上方。

「天啊！」高飛高聲呼叫，「是一個巨型的熱狗氣球啊。」

「那不是氣球，而是齊柏林飛船呢。」米奇說，「但為什麼它會在這兒出現？」

突然，飛船放出縮小射線，將手套氣球變小！

「噴射飛行褲」皮特飛下來，警告道：「別動，我要把妙妙屋世界的一切縮小！」

皮特撿起那迷你的手套氣球就飛走了。

「我們要阻止噴射飛行褲皮特，不能讓他把所有東西都縮小啊！」米奇說。

高飛搔搔頭，苦惱地說：「他真是個超級麻煩。」

「有人提到『超級』嗎？」盧榮德博士問，「我有個東西正合你需要！」

博士最近有個新發明。

「我稱之為超級製造機。」他說。

「能製造超級市場嗎？」高飛問。

「不，高飛。」博士被逗笑了，說：「它能讓你們成為真正的超級英雄。」

「太好了！」米奇說，「我們正需要它！」

「那就逐個走進去吧。」博士說。

他們變身成功，成為飛天米奇、超級高飛、活力鴨、神通黛絲、神奇米妮和超級能量犬布魯托。

「現在你們都擁有超能力了！」博士興奮地宣告，「但必須要同心協力，才能阻止噴射飛行褲皮特。」

「我們一定會的！」飛天米奇說，「妙妙屋英雄團隊整裝待發！」

「還有一件事。」博士補充道，「超能力只會維持一段時間。當你的超能力顯示器三格都轉為紅色，就表示超能力耗盡了。」

「那麼，我們要儘快出發！」神奇米妮說。

噴射飛行褲皮特的下一個目標，就是要縮小米妮的蝴蝶結專門店！

神通黛絲運用她的超能念力。

神奇米妮向皮特發射超級神奇蝴蝶結。

但一切都徒勞無功。

「你們的超能力互相抵消了。」米奇說。

突然，有數百隻橡膠鴨從皮特的飛船傾倒下來！

米奇立刻求救：「召喚，工具精靈！」

工具精靈有四個超能工具：巨型風筒、捕手手套、巨型沙灘雨傘，以及一個神秘的妙妙工具。

沙灘雨傘剛好適用，橡膠鴨立即被彈開。

但這時，皮特卻將米妮的蝴蝶結專門店縮小，再高速飛走！

皮特的下一個目標，就是妙妙屋世界的巴黎鐵塔。

超級英雄團隊要加快腳步了，他們的超能力顯示器快要三格都轉紅！超級高飛和活力鴨不小心纏在一起，撞上齊柏林飛船，令皮特跌到在地上！

「你完蛋了，噴射飛行褲皮特！」米奇說。

「對不起，是老大逼我的！」皮特求饒。

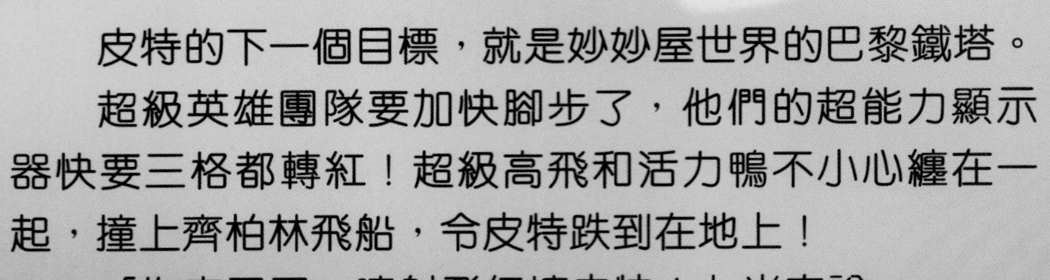

齊柏林飛船降落了，幕後的老大也走出來，他就是萬仁莫迪！

「縮小的時間又到了。」萬仁莫迪說完後，用縮小射線將皮特變小。

「噢，很癢啊！」皮特說。

「你這個卑鄙的大壞蛋。」米妮指着他罵道。

「我要親自動手把妙妙屋世界變小！」萬仁莫迪跳進飛船，再次起飛。

「我們要去對付萬仁莫迪。」米奇說，「但我們的超能力快要消失了！」米奇和超級能量犬布魯托飛到半空，抓住了齊柏林飛船，但萬仁莫迪卻將他們困在一個堅固的氣泡裏！

「我們需要工具。」米奇說，「召喚，工具精靈！」

米奇選擇了巨型風筒，把氣泡通通吹走。他說：「再見，氣泡！」

回到地面，迷你皮特正滾下山去！

「我們要快點救皮特。」高飛說。

唐老鴨跨出幾個箭步，衝到大家面前，叫道：「讓我來！」然而，他一不留神便跌倒了，還絆倒了其他英雄，結果大家都跌在地上，像疊羅漢一樣。

「迷你皮特越滾越遠，我們的超能力顯示器也轉為紅色了！」黛絲說。

轉眼間，妙妙屋英雄全部喪失超能力！

在齊柏林飛船上，萬仁莫迪瞄準了妙妙屋。米奇想要阻止他，但他已沒有超能力了。

米奇由空中下墜之際，萬仁莫迪將他和妙妙屋都縮小了！

然後，萬仁莫迪便拾起米奇和妙妙屋，放到飛船上。

米妮和其他英雄還在努力想要拯救迷你皮特。

「我們要接住他！」米妮叫道，「召喚，工具精靈！」

米妮拿起捕手手套，拋給高飛，由高飛負責接球！「成功了！我們發揮了團隊精神！」米妮說。

霎時，他們所有人都變回了超級英雄！

「當我們齊心協力，就會超級厲害！」神奇米妮抬起頭，說：「噢，不好了，萬仁莫迪捉走了米奇！」

「我們要去救他。」超級高飛說，「召喚，工具精靈！」

他們選擇了神秘妙妙工具，原來是超級噴射機！

大家坐上噴射機，米妮說：「冲上雲霄，拯救世界！」

英雄們計劃要合力拯救米奇，並由高飛和唐老鴨偷偷潛進齊柏林飛船。

他們在飛船上找到縮小了的妙妙屋，再迅速拿起其他縮小球。萬仁莫迪想要阻止他們，但迷你米奇在千鈞一髮之際把他絆倒！

黛絲把迷你皮特送上飛船，將它剎停。

高飛、唐老鴨帶着迷你米奇、迷你皮特從飛船衝出來，剛好落在噴射機上！

這時，齊柏林飛船開始漏氣，不受控制地飛行。

「要救萬仁莫迪！」米奇說。

「但他是壞蛋啊。」高飛說。

「就算是壞蛋，也要拯救！」米奇說，「這就是英雄會做的事啊！」

布魯托幫米妮用超級神奇蝴蝶結綁住飛船。然後，大家合力把飛船拉到地上。

「成功了！」他們興奮地叫道。

萬仁莫迪從漏氣的飛船中爬出來。

他說：「我真的不敢相信！我這樣對你們，你們還拯救我。謝謝你們！」

「不用客氣，萬仁莫迪。」高飛說。

「我其實叫莫泰老鼠。」萬仁莫迪說，「我是你們的新鄰居。」

「唔……但你的表現卻不太友善呢。」米妮指出。

莫泰也覺得自己的行為不太好，於是他將米奇和皮特回復到原來大小。

莫泰把妙妙屋世界還原了，他說：「對不起。我以為拿走了你們的一切，我就會快樂。」

「其實，妙妙屋那麼快樂，是因為這兒有很多朋友。」米奇說。

「你說得對。」莫泰承認，「但我沒有朋友。」

「現在你有了！」高飛說。

「真的！這真是超級棒！」莫泰說。

「比超級棒還要棒。」米奇說，「是超級超級棒啊！」

黛絲學滑雪

「大家準備好了嗎？」米奇呼喚着他的朋友，「一起到雪山滑雪吧！」

黛絲的車尾廂塞滿行李，有裙子、頸巾、書、碗碟、電話，甚至還有一支長號！不過，黛絲還是覺得自己忘記了什麼。

他們一行人駛過結冰的河道，穿過積雪的森林，又經過崎嶇蜿蜒的山徑。不久後，終於來到冰駝鹿度假村。

「我們前往冰天雪地山那邊吧！」米奇叫道。

下車後，黛絲打開車門，從車尾廂取出滑雪屐放到肩上。然後她轉身，想要拿出滑雪竿……

砰！

唐老鴨的屁股被滑雪屐撞個正着……

再撞一次……

又再撞一次！

「你怎麼回事？」他大聲抗議。

「對不起！」黛絲說。

「或許你先穿上滑雪屐，會方便一點。」米奇建議。

哎呀！黛絲在雪上滑來滑去，無法站穩。她終於想起自己忘了什麼……

「我不會滑雪啊！」她大叫着，撞進雪堆裏。

「黛絲，你不會滑雪？」唐老鴨叫道，「那太可惜了吧！」

黛絲通常不會認同唐老鴨的話，但這次她不得不贊同。

「我真的不想掃大家的興，不如我回家吧。」黛絲歎氣。

「當然不行！」米奇和米妮一同反對。

「如果你不嘗試滑雪，又怎能學會呢？」高飛鼓勵她。

「我們可以教你滑雪技巧呀。」米奇說。

「跟我們來吧！」米妮補充。

於是，大家一起坐吊椅纜車上山，雖然黛絲坐得不太穩，但總算跟着朋友們來到山頂。

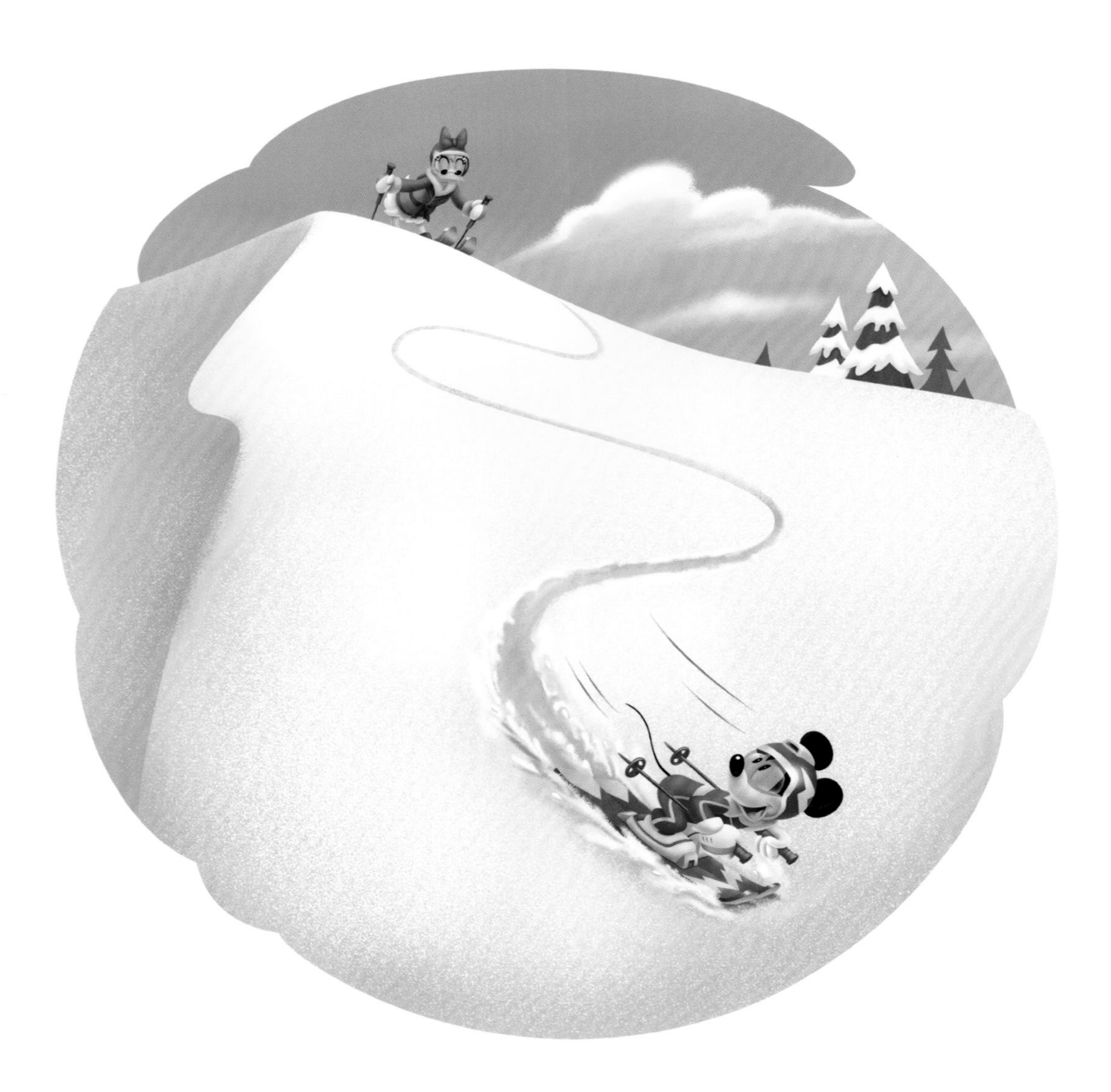

「現在要滑下山，我稱這招為『米奇蛇步』。」米奇像蛇般在山上滑行，在雪中留下巨大的S字，輕鬆抵達山下。他向黛絲大叫：「身體向前傾，滑雪最輕盈！」

黛絲望着下方的斜坡，深深吸了口氣。她慢慢滑行，漸漸加速。

「身體向前傾，滑雪——嘩！」黛絲失控了，還撞倒唐老鴨！

「你知道什麼對你有幫助嗎？」高飛問。

「你是說放棄？」黛絲提議。

「是學習慢下來。」高飛回答。他教黛絲怎樣滑出他獨門的「高飛慢步」，那就是將滑雪屐擺成 V 形，然後慢慢減速，輕鬆停下來。他說：「V 形雙足，滑雪減速！你來試試。」

「好像真的有用呢！」黛絲叫道，但接着她的雙足不小心由 V 形變成 X 形，然後滑了一跤。

唐老鴨說：「慢下來固然重要，但你也要學習怎樣快速滑行。這真的很刺激！」他在冰天雪地山的山頂，為她展示蹲式抬尾滑法：「蹲伏身體，抬起尾巴，衝啊！」

「到你了！」他叫道。

黛絲身體前傾，蹲伏下來，抬起尾巴。她告訴自己：「我可以的。蹲伏身體，抬起尾巴，衝啊！」

黛絲向前滑，轉了個圈，又砰的一聲撞向唐老鴨。她說：「我放棄了。」

但米妮不會讓她的朋友輕易放棄呢！

米妮帶着黛絲來到新手級的小兔山丘。這山丘雖然平坦得多，但也有不少高低起伏的雪堆！米妮的招牌動作是「米妮小貓步」：左邊撐滑雪竿，轉彎；右邊撐滑雪竿，轉彎。她成功避開所有雪堆。

「來吧，這次沒有口訣。」黛絲歎了口氣，但她慢慢掌握當中的技巧了！

　　這時，皮特匆匆忙忙的滑過來。滑雪季度最隆重盛大的滑雪比賽即將開始了，皮特可不想遲到呢。

　　比賽開始倒數了：3……2……1……

衝啊！

皮特推開了黛絲，使她撞向一條拖索。拖索接住黛絲，像橡皮筋那樣向後拉，然後把黛絲飛彈到山丘的另一邊。

「救命啊！幫我停下來吧！」黛絲尖叫。

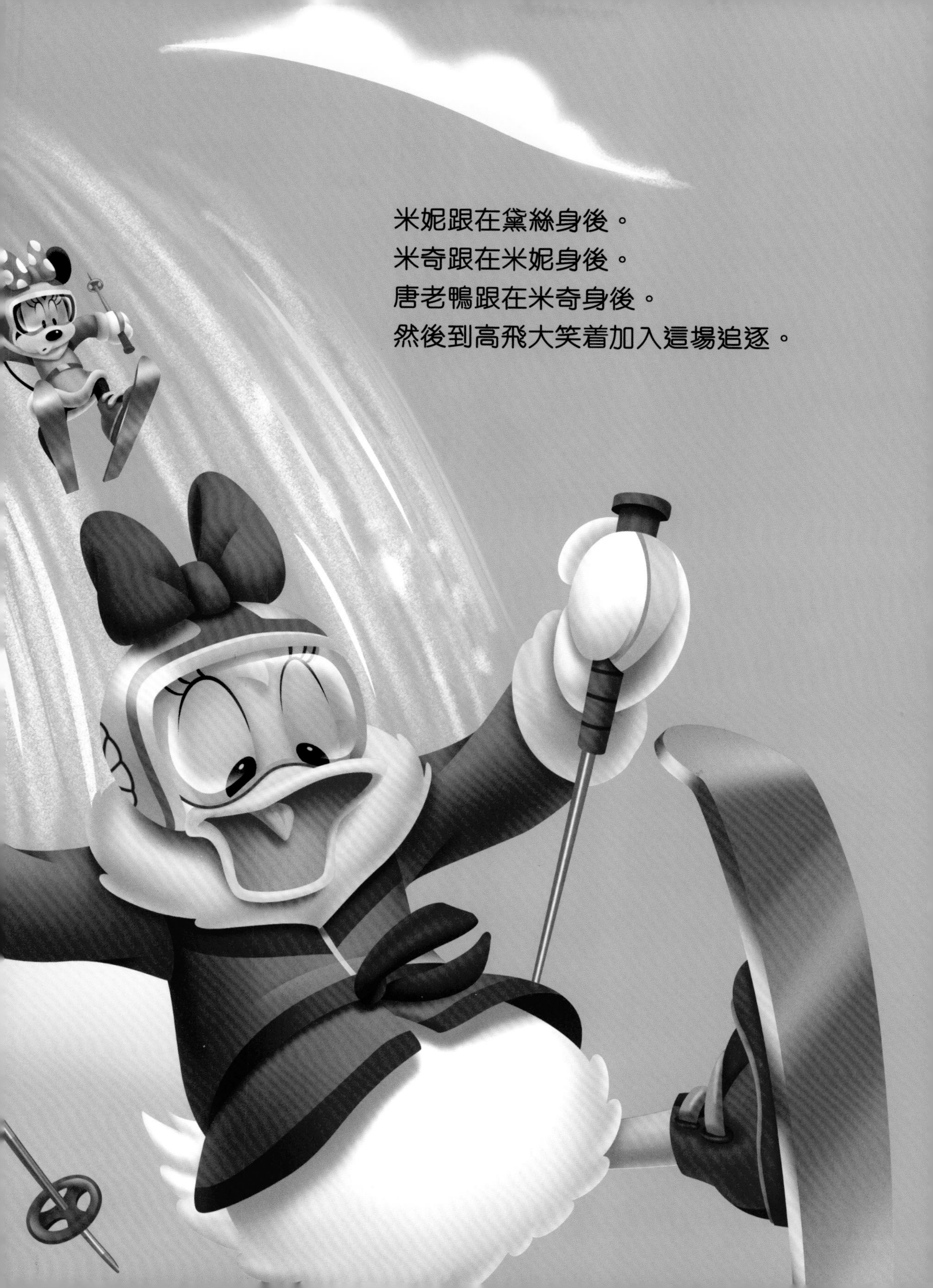

米妮跟在黛絲身後。
米奇跟在米妮身後。
唐老鴨跟在米奇身後。
然後到高飛大笑着加入這場追逐。

最後黛絲飛出了森林，降落在滑雪比賽的賽道上，還領先於炮彈克拉貝兒、旋風希爾達和雪速皮特呢！

「出現了雪山奇蹟啊！」比賽主持比利．畢格爾說，「這位突然領先的選手，原來是疾速黛絲！」

黛絲還記得朋友們教她的所有步法。她一開始用米奇蛇步來慢慢控制滑雪屐，然後用唐老鴨的蹲式抬尾滑法來加速，又用高飛慢步來減速。

最後，用米妮小貓步衝線！

　　黛絲在滑雪季裏最隆重盛大的滑雪比賽中勝出！大家都想喝杯熱朱古力來慶祝。

　　但黛絲另有主意。

黛絲在山頂上跟朋友們揮揮手，說：
「我先滑了，山下見！」

出走獨角獸

小馬潘妮洛普在高樹馬場過着寫意的一天。當馬場主人麗莎忙着照顧其他動物時，潘妮洛普忽然看到了一隻蝴蝶。牠追着蝴蝶奔跑，跑着跑着，不自覺地走出了馬場。

潘妮洛普追着蝴蝶離開了馬場，翻過一座小山，來到米奇的車房。牠從高飛身邊疾奔而過時，高飛正在試用他新買的棉花糖機。

「棉花糖真美味！」高飛說。

「嘶嘶！」潘妮洛普叫道。

砰！潘妮洛普撞倒了棉花糖機。啪嗒！漂亮的粉紅色棉花糖剛好倒轉落在潘妮洛普頭上！

潘妮洛普隨着蝴蝶走進米妮的美容沙龍。說時遲，那時快，牠也即將進行大改造！

這裏加點閃粉……

那裏加些顏料……

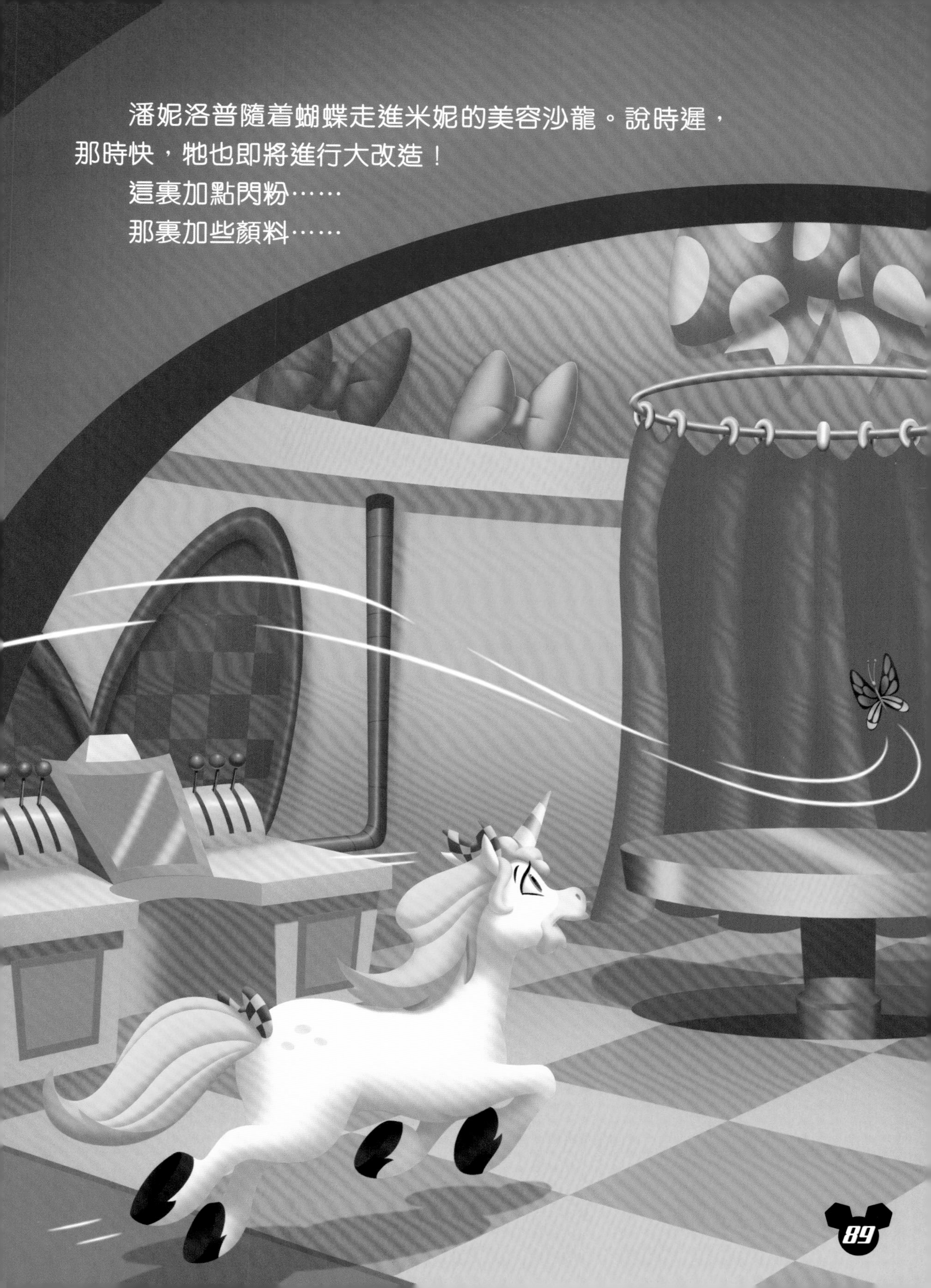

潘妮洛普由頭到腳都煥然一新，看起來就像一隻美麗閃耀、擁有魔法的獨角獸！

潘妮洛普繼續跟着那隻蝴蝶四處跑。牠從來沒見過如此動人美麗的蝴蝶，追着追着，她經過布魯托的狗屋。

來到了克拉貝兒的家附近，潘妮洛普快要捉到蝴蝶了。

克拉貝兒很驚訝，她興奮地致電給黛絲，說：「我剛剛在家裏看見街上有獨角獸啊！」

黛絲倒抽了一口氣，她驚呼：「我很喜歡獨角獸啊！我立刻過來！」

　　黛絲立刻告訴她的朋友們：「克拉貝兒說有一隻獨角獸經過她家前！」

　　「不會吧！」唐老鴨感到不可置信，他說：「世上根本沒有獨角獸。」他抱臂看向米奇，米奇和高飛都聳聳肩。

　　「你沒見過不代表獨角獸不存在啊。」黛絲反駁唐老鴨。她以最快速度駛到克拉貝兒的家。

就在那時，有人致電給米奇，原來是高樹馬場的麗莎。

「嗨，米奇。我的小馬潘妮洛普走失了，你可以幫我找找牠嗎？」麗莎問。

「當然可以。」米奇回答，「各位，要準備出發了！」

米奇將小馬走失的事告訴大家。

「等一下。」米妮喃喃自語，「同一天內，既走失了小馬，又出現了獨角獸？」

黛絲駕車來到了克拉貝兒的家，問：「獨角獸往哪個方向跑了？」

克拉貝兒指着前面，黛絲便飛馳而去。

黛絲一直向前駛，直至看見地上有些閃亮亮的馬蹄印。「獨角獸不遠了！」她尖叫。

黛絲很興奮，她用最快速度沿着馬蹄印向前去。

這時，唐老鴨在市中心看到一隻小馬。他揮動套索向前一拋，套住了小馬。

他叫道：「找到你了，潘妮洛普！」他拉着繩索，將汽車停泊在小馬旁邊，為找到小馬感到很自豪。

然而，當唐老鴨走近一看，卻發現這隻小馬不是潘妮洛普，而是兩個參加變裝派對的人，打扮成小馬而已。

唐老鴨暴跳如雷。他很想知道潘妮洛普在哪裏，很想找到牠。

　　就在那時，潘妮洛普在他們身邊跑過，牠仍然在追着那隻蝴蝶。唐老鴨看得目瞪口呆。

　　「這隻獨角獸是真的嗎？」他吃驚地說，「真是難以置信……但牠確實在我眼前走過！」

唐老鴨看見米妮經過，便揮手叫她過來看，他激動地叫道：「米妮，我剛剛看到那隻獨角獸！」

「你肯定嗎？」米妮問。

「肯定！絕對肯定。」唐老鴨回答，「你看，獨角獸還在我的車頭留下閃粉呢！」

米妮靠前一看，然後笑了笑，說：「唐老鴨，這不是獨角獸的閃粉，是我美容沙龍的顏料，我一眼就認出來了。」

不遠處，黛絲正駛經公園附近，她看到有些東西在陽光下閃閃生輝。「獨角獸在那裏！」她叫道。

黛絲立刻駛到那裏，走下車，小心翼翼地檢查藏在花叢中的東西。她動作很慢，確保不會驚動到獨角獸。她已花了一整天尋找獨角獸，可不想嚇走牠呢。

米奇、米妮、唐老鴨和高飛剛好來到，看着潘妮洛普從花叢裏踏出來。

「天啊！」米奇叫道，「真的是獨角獸啊！」

「嘩哈！」高飛大笑，
「是獨角獸啊！」

一不小心，高飛的頭撞到汽車的水管，水柱從花灑噴出。就在這時，潘妮洛普躍進水裏。

「原來獨角獸是……小馬？」黛絲沒法相信。

「不好意思啊，黛絲。」米妮說，「潘妮洛普離開馬場，來到了我的美容沙龍。她應該上了些噴漆，讓大家都以為她是獨角獸。」

「嗯，雖然她不是真正的獨角獸，但不代表其他地方沒有獨角獸啊！」黛絲堅持。

麗莎來到了，要把潘妮洛普帶回馬場。她感謝米奇他們幫忙找回潘妮洛普，說：「希望牠今天沒有為大家帶來太多麻煩。」

大家都跟麗莎和潘妮洛普揮手道別。

麗莎載着潘妮洛普一路遠去，這時黛絲留意到公園山丘上有動靜。她興奮地指着那隻動物，唐老鴨看了看，無奈地搖搖頭。

「真神奇啊！」黛絲高興地說，「我就知道獨角獸是真的！」